A todos los que luchan por superar los miedos cada día,
a ti que me inspiraste este cuento.

José Carlos Andrés

A mi querido amigo Eduardo Zulueta, que por fortuna
para mí, y al contrario que Carlota, dice mucho y bien.

Emilio Urberuaga

Carlota no dice ni pío
Colección Somos8

www.nubeocho.com – info@nubeocho.com

Correctora: Daniela Morra

Tercera edición: 2016
Segunda edición: 2016
Primera edición: Septiembre 2014

ISBN: 978-84-942929-3-4
Depósito Legal: M-23028-2014
Impreso en China

CARLOTA NO DICE NI PÍO

JOSÉ CARLOS ANDRÉS
EMILIO URBERUAGA

nubeOCHO

Hace poco, pero poco, poco tiempo,
tan poco, que podría haber ocurrido
hace un segundo, había una niña que
tenía un extraño poder.

Ese poder tan raro que tenía era... era...

¿Estás preparado para que te lo diga?

Era que no hablaba.

¿Te parece extraño?

Puede que no, porque se me ha olvidado decirte que Carlota no hablaba porque no le hacía falta. Todo el mundo la entendía tan solo con sus gestos y miradas.

¿Tenía hambre?

Ponía cara de hambre y cualquiera que tuviera un bocadillo de mortadela, lo compartía con ella.

Sucedía lo mismo con sus
amigos y amigas.

Si en el recreo no tenía ganas de
correr porque estaba cansada,
Carlota ponía cara de

ESTOY CANSADA Y NO TENGO GANAS DE CORRER,

y todos la entendían.

Y cuando tenía ganas de jugar a
algo nuevo ponía cara de

ME GUSTARÍA JUGAR A ALGO NUEVO.

Y todos jugaban con ella.

Era un poco más difícil cuando la profesora le preguntaba algo. En ese momento tenía que esforzarse un poco más y buscar el gesto y la mirada para responder. ¡Siempre lo conseguía!

Hasta que un día...

(Aquí abro un paréntesis para avisarte que va a suceder algo que da mucho miedo. Para continuar leyendo enciende la luz, bebe un vaso de agua con azúcar y limón, y cruza los dedos índice y anular. Esto último no sirve para nada, pero es más divertido pasar así la página).

6⌊2
?

Hasta que un día...

Carlota perseguía a su amigo Tom el ratón, y entró en la despensa buscándolo. De repente, hubo una corriente de aire y...

¡BLAM!

La puerta se cerró de golpe.

La niña se quedó encerrada.

Sola.

(¿No te he dicho
que iba a ocurrir algo que
da mucho miedo?).

BUENO, pensó Carlota,

EMPUJARÉ LA PUERTA Y LOGRARÉ SALIR DE AQUÍ.

Pero la despensa no tenía
manera de abrirse desde adentro.

Estaba encerrada en aquel cuarto
lleno de botes, latas, frascos... y
una escoba llena de pelos.

BUENO,
pensó de nuevo intentando tranquilizarse.

NO PASA NADA, MIRARÉ A ALGUIEN Y ME AYUDARÁ.

Pero Carlota estaba sola del todo.
Sin su mamá, sin su papá y sin
Tom el ratón.

Sola... sola... sola... Estaba sola.

(**Sí**, ya **sé** que eso ya lo
he dicho antes, **pe**ro es que:
¡¡¡ESTABA SOLAAA!!!).

Carlota, hasta ese momento, no se había dado
cuenta de que eso no le gustaba nada.

Se puso nerviosa y le entró un poco de miedo, entonces decidió mirar fijamente a un bote de tomate y poner cara de

OYE, BOTE DE TOMATE,

AYÚDAME A ABRIR LA PUERTA, QUE TENGO MIEDO.

Pero el bote de tomate, que era un simple bote de tomate (aunque de la mejor calidad) no la entendió.

Cuando se cansó de poner esa cara
al bote de tomate, lo hizo con un
frasco de mermelada de ciruela, pero
cambiando la cara de

OYE, BOTE DE TOMATE,
AYÚDAME A ABRIR LA PUERTA, QUE TENGO MIEDO,

por la cara de

OYE, FRASCO DE MERMELADA DE CIRUELA, AYÚDAME A ABRIR LA PUERTA,
QUE TENGO MUUUCHO MIEDO DE ESTAR ENCERRADA.

Pero este tampoco la entendió.

Sus poderes no funcionaban
con las conservas. Con la escoba
peluda.... Carlota ni lo intentó.

Y entonces su cuerpo se puso a **temblar**.

Tembló más que un flan de huevo sobre una piscina con olas. Tembló tanto, que todo lo que había en la despensa tembló con ella.

Carlota se dio cuenta de que tenía que intentar algo que nunca había hecho hasta ahora: **hablar.**

¡NO SERÁ TAN DIFÍCIL!, pensó.

Tomó aire y abrió la boca para hablar. Pero sólo salió una leve brisa, ningún sonido.

Entonces hinchó su pecho con fuerza y lo llenó de mucho, muchísimo aire, hasta que al final consiguió susurrar:

– MAMÁ, PAPÁ, TOM, ESTOY ENCERRADA EN LA DESPENSA...

El bote de tomate
y el frasco de mermelada de
ciruela miraron a Carlota. Si la
escoba también la miró no lo
sabemos, ¡tenía la cara llena
de pelos!...

Carlota tomó aún más aire que
antes, y gritó:

—¡¡¡DESPENSAAA!!!

Tom el ratón, que estaba saltando
de un escalón a otro, se quedó
quieto en el aire; las moscas dejaron
de zumbar y las flores de crecer.

Nadie había escuchado
nunca una **voz** tan bonita,
tan dulce y **tan azul**.

Carlota volvió a gritar mucho más fuerte:

– ¡MAMÁ!, ¡PAPÁ!, ¡TOM!, ¡ESTOY ENCERRADA EN LA DESPENSAAA...!

La mamá estaba leyendo, y las letras del libro saltaron al techo.

El papá estaba escuchando música, y las notas se cayeron al suelo.

Los vecinos de las casas de al lado, los vecinos de los pueblos de al lado y los vecinos de otros pueblos que no estaban tan al lado, sino muy, muy lejos, se quedaron con la boca abierta al escuchar una voz tan **azul**, tan dulce y tan bonita (incluso hubo algunos que se comieron varias de las moscas que habían dejado de zumbar).

Siguiendo aquella estela de voz azul,
el papá, la mamá y Tom el ratón,
abrieron la puerta de la despensa.

Allí estaba Carlota. Con una expresión
en la cara que decía:

PASÉ MUCHO MIEDO CUANDO ME QUEDÉ SOLA.

Pero esta vez no la entendieron.
Ella buscó entre sus mejores gestos
para poder contarles sin palabras:

PASÉ MUCHÍÍÍÍSIMO MIEDO CUANDO ME QUEDÉ SOLA.

Pero seguían sin comprenderla.

Entonces Carlota respiró y,
esforzándose de nuevo, (aunque un poco menos que antes)
dijo:

– GRACIAS.

La mamá, el papá y Tom el ratón,
pusieron una cara que quería decir:
«De nada». Y todos se rieron.

Carlota les contó lo que había sucedido.
Al principio despacito, pero cuanto más
hablaba, se sentía más segura.

– PASÉ MIEDO PORQUE ME SENTÍ SOLA. PERO NO ERA ASÍ,
YO ME TENÍA A MÍ MISMA Y A MIS PADRES, CERCA.

Después de explicar lo que
había ocurrido, decidió seguir
contando muchas, muchísimas
cosas más que antes no les
había dicho.

(Ahora te tengo que contar un secreto que no le puedes decir a nadie. Te lo voy a susurrar para que solo tú lo sepas: Carlota, desde aquel día, no tuvo nunca miedo, porque sabía que ella estaba consigo misma, y sus padres, cerca).

Lo que nunca nadie supo es que ella a su amigo Tom el ratón, le seguía hablando sin voz, sólo con sus gestos y miradas.

Y se entendían perfectamente.